AF434300

A TODAS LAS MUJERES
DE MI VIDA

ExLibric

MARÍA HIDALGO SÁNCHEZ

A TODAS LAS MUJERES
DE MI VIDA

EXLIBRIC

ANTEQUERA 2021

MARÍA HIDALGO SÁNCHEZ

A TODAS LAS MUJERES
DE MI VIDA

A mi hermano. Gracias por existir

Prólogo

Mujeres empoderadas

Es esa canción que suena de fondo por primera vez, pero que reconoces haber oído antes. Como una puerta entreabierta que jamás querrías cerrar. Igual que intentar borrar de la mente un nombre y volverlo a pronunciar, negando la propia existencia.

Son los acordes de una guitarra sin cuerdas, una voz desgarrada y un laberinto en su espalda. Una mente que no ha sabido descansar y un clavel deshojado. Es esa historia de amor que nunca se acaba, un latido profundo y el reflejo de un espejo roto. La lucha de nuestros antepasados, una rebelión contra lo impuesto y el alma que llora sin consuelo. Una ola de sentimientos que desespera a cualquier mar, una culpa sin nombre y tres lamentos de más. Es como rozar un trozo de cielo, un atardecer y un puñado de estrellas.

Sientes cada vez ponerte en una piel distinta, una permuta nueva y un corazón que late a otro ritmo. Se reconocen rostros, almas en pena y letras que, por suerte, nunca se leyeron. Huele a papel quemado por cada esquina y a confesiones profundas.

Experimentas un fuego que renace de sus propias cenizas y que busca más leña que atizar. Hay madres desoladas, puñales que se clavan por la espalda, memorias perturbadas y pensamientos que al fin descansan en paz. Se reconocen secuelas, confinamientos en casa y hasta luchas internas.

Es en sí mismo el eterno desahogo de un género olvidado. Cada relato es un canto hacia esa libertad que ahora tiene voz propia. Te traslada a una época y a un momento puntual en forma de letras, donde puedes viajar sin billete eligiendo un único asiento. Las banderas no importan, ni las ideologías, ni las cadenas.

Son en su mayoría mujeres, que gracias a su autora, hoy se empoderan.

Lidia García Garrido
Octubre de 2020

Victoria

Valladolid, 8 de marzo de 1942

Estoy a tres pasos de ser fusilada frente a un pelotón de soldados. Pronto toda mi vida desaparecerá de esta tierra que tanto me ha dado y quitado al mismo tiempo. Aun así, te llevaré por bandera, miraré de frente cada uno de los cañones que me apunten y erguida gritaré en silencio. En silencio, parece ser la única manera de poder reivindicarnos. «¡Maldito el día —dijo mi madre— en el que conociste a tu novio, un simpatizante republicano!».Y aunque al principio ajena estaba de todo lo que estaba ocurriendo en mi país, pronto me hice voz cantante del movimiento que pedía igualdad. Solo eso, igualdad entre hombres y mujeres.

Los grilletes que me pusieron ese día fueron los que me hicieron bramar con mucha más fuerza. Ese día me arrancaron de mi vida y anularon mi existencia. Entre golpes morales y físicos me fui labrando mi camino, el que deseo que algún día, no muy lejano, retoméis vosotras. A mí ya poco me queda por recorrer, solo tres pasos y todo habrá terminado.

Quiero que sepáis que no me da miedo la muerte, y menos aún si sé que con ella pronto se alzará en el cielo el rayo de luz de la esperanza. No es ser ambiciosa por codiciar algo que nos pertenece, que es ser libre. Libre para pensar, para elegir y para decir no. No es malo, futuras hijas del mundo, que améis a mujeres del mismo sexo, como tampoco que lo hagáis vosotros, nuestros hermanos siempre, de sangre o de guerra. Castigada estoy por no ver a mi España envuelta en clamores de libertad y justicia. Lamento verte subyugada a un tirano que pone cadenas en puertas y ventanas.

Me voy con la esperanza de que un día todo esto acabe. Segura de que en cualquier momento el hombre alce la vista y logre vernos como su compañera de vida, y no como una sirvienta o reproductora. Confianza es lo que os pido, hermanas. Confianza en pensar que no hay mal que dure cien años, ni tampoco cuerpo que lo aguante. Solo os pido que permanezcáis fuertes, determinantes, porque solo con que una de nuestras voces llegue a ser escuchada es más que suficiente para que este mundo cambie.

¡Ay, mi España! ¡Qué dolor más grande de verte así! Tú, que abriste la cancela y escondiste la llave al mundo. Tú, que viste caer todo un imperio. Tú, que estuviste bajo el mando islamita. Tú, que tanto has batallado. Tú… Yo. Todos. Todos somos España y, en el día de hoy, parece que se nos ha olvidado.

Aguardaré con paciencia que esta carta llegue a las manos adecuadas. Pronto mi nombre, como el del resto de mis compañeras, amigas, madres e hijas, quedará en el olvido. Pronto mi foto en blanco y negro pasará a ser el paño de lágrimas de mi madre. Desde aquí te imploro que no reces por mí. Nunca creí en Dios, ni en el cacique. Nací rebelde y, con esta desobediencia que a mí solo me caracteriza, digo adiós a un mundo que me ha maltratado tanto que solo me queda el optimismo de pensar que algún día una mujer, semejante a mí, ice la bandera de la libertad, del amor al prójimo y de la igualdad.

No siento pena, mamá, he hecho todo lo posible por cambiar el mundo. Por eso, me voy con la cabeza alta y un solo pensamiento: LIBERTAD.

La subversiva de tu hija, Victoria.

Beatriz

Orense, 26 de octubre de 2017

Querido diario:

Tal vez sea inocente al decir que no habrá en mi vida día más especial que el de ayer. Ayer me entregué en cuerpo y alma a un hombre que envía tequieros diarios a una mujer que no soy yo. Estoy planteándome, y dudando a la vez, si hice bien al dejarme llevar por los impulsos primarios del deseo y de la pasión, frutos ambos del momento. Quizás me haya equivocado y mañana toda esta euforia de haberlo tenido entre las sábanas de mi cuarto se esfume, como una cerilla posada en el escalón de una ventana en un ventoso día.

La sandez sale a borbotones de mi piel porque tiene la brillante idea de que un día de estos, no muy lejano, asirás el teléfono, teclearás el mío y estaremos juntos. Qué traicionero es imaginarte pensando en mí más que en ella. Qué imbécil al imaginar que todo lo que ocurrió ayer puede llegar a cambiarnos la vida. La estupidez también es mi hermana, por ella te di la fidelidad que tú desertaste.

No. No puedo enamorarme de un hombre que ya lo está —esto me lo repito una y otra vez—. No debo, siquiera, regalarte un lugar más privilegiado que el que tuviste anoche. Sin embargo, cuando entrecierro los ojos ocurre algo; y es que aún siento tu presión sobre mi pecho, tu olor sobre mi cuerpo y tus manos sobre mi sexo. Sé que desde que saliste por esa puerta formé parte del olvido, y eso es algo que yo no puedo controlar por más que quisiera.

El susurro de tu voz cubre mi habitación al punto de creerte aquí, esperando a que desnudo vuelvas a la cama y me entrelace entre tus brazos, y abandonarme, así, como un barco a la deriva. Tu tacto está impregnado en mi piel y en la ducha Dios me ve intentando borrarlos, pero estos van y vienen como tú a mi vida. Tus besos sobre mi boca aún me dan calor en este frío otoño. Y tu sexo, entrando y saliendo de mí, se ha convertido en un compás difícil de olvidar y fácil, muy fácil, de lamentar.

Frío y calor, ambos siento en mi interior. Frío, por dejarme en cueros esta madrugada. Calor, por esperanzar ser especial. Una risa irónica se perfila sobre mis labios y, sin más dilación, ya sé lo que debo hacer: despedirme antes de que lo hagas tú, aunque la pena se mude a mi casa, el llanto me haga extrañarte y la melancolía traspase la frontera de lo que es real y no.

Querido diario, siento mucho no arrepentirme. El tener fresco su recuerdo me mantiene en la antesala del mañana. Aquí, con la esperanza en el pecho, aguardo a que me traigas de un soplo la felicidad de mis días y el deseo oculto de mi amor.

¡No! No consideré, ni por un mísero segundo, el daño que causaría en esa pareja. Puede que en un futuro lo pague o puede que no. No voy a pedir perdón por dejar volar mi imaginación y aprovechar el momento. El momento. ¡Eso fue, un momento! Solo íbamos a compartir quince o veinte minutos de nuestras vidas. Y lo sabía, sabía que solo iba a ser eso, pero lo hice eterno en mi memoria, a pesar de tu capacidad de borrar mis recuerdos sobre tu piel.

Queridas memorias, balancearé mi vida tal y como hice ayer. La constricción nunca ha sido uno de mis puntos fuertes. Siempre ha sido aquello capaz de perturbar mi memoria mientras la soledad me apuñala por la espalda. Así que me voy, a donde el amar y el querer sean ritmos acordes para una loca como yo.

Atte., una pecadora
Bea

Rebeca

Colombia, 1 de septiembre de 1962

Llegaste a mi vida con un mecedor y un saco de huesos. Trajiste con ellos parte de mi alma y parte de mi vida. Meciendo contigo mi imaginación. Guardando en tu interior mi existencia. Chupando tu dedo pulgar derecho con el mismo entusiasmo que con el que yo escupo palabras en este papel cínico y despreocupado.

Mirando la vida pasar desde tu balancín de madera; yo vigilando las hojas que vuelan por el viento antes de caer en la cuna. Aislándote en la soledad infinita de la realidad; yo sombreando las calles de la melancolía. Olvidando el olvido tú; yo esculpiendo sobre el mármol la nostalgia relegada de un ardiente mediodía. Nutriendo tu vientre de cal y de arena en símbolo de protesta; yo reclamando a voces los recelos ocultos de un revulsivo alimento.

Abandonada por todos los buenos días de tu supervivencia. Desquiciada entre las estrechas y altas paredes de un cuarto resignado al recuerdo. Envuelta en la penumbra de redes asfixiantes. Perfumada por las malas pestes de desagradecidos compañeros de tu vida.

Pretenden cambiar el orden de tus elementos. Pintando los muros de arriba abajo. Tú, solitaria y fría, divisando el sitio de las cosas desde tu ventana empolvada y maquillada por el descuido del tiempo, perfilada pues por la fugacidad de la benevolencia y enmascarada en esa época del gran aislamiento.

Yo, Rebeca

Daniela

Pekín, 2 de mayo de 1997

Esta noche me he atormentado.
Se me han derramado los sentidos
y aún se pueden oír mis suspiros:
mis largos lamentos insospechados.

Durante el día me he acostumbrado
a escuchar, de lejos, ajenos ruidos
Reviviendo secretos escondidos
de uno de mis claveles deshojado.

He intentado salir de esta tormenta.
Alzarme como antes… y volar.
Pero caí de bruces en la tierra.

Así que me limité a soñar:
un lugar dibujado por mi canto.
Un canto perfilado por mi llanto.

Dani

Alejandra

Madrid, 20 de agosto de 2013

Eres la mecha que arde en mi interior cada vez que digo tu nombre. Eres ese fuego incansable de mi pecho que me hace valiente al rozarte. Eres ese calor que arropa el alma cada vez que te tengo cerca. Eres el sol que alumbra mis noches de tormenta.

Eres el río que surca cada rincón de mi cuerpo. Eres el mar que, con sus olas, amansa el ansioso corazón que Dios me ha dado. Eres esa orilla por donde ansío caminar de tu mano todos los días de mi vida. Eres ese agua que con tanto amor ha limpiado mis heridas.

Eres el viento que azota tu recuerdo cuando no estás a mi lado. Eres la brisa de la noche que me trae tu aroma cuando estoy a solas. Eres el soplo de aire fresco que secó cada llanto de mi costado. Eres el vendaval de la pasión.

Eres la tierra donde he clavado mis raíces. Eres el campo de donde pienso comer hasta que me muera. Eres el bosque por donde deseo perderme. Eres el camino que seguiré para que me lleve a ti.

¡Ay, amigo mío! ¡Ay, mi amante de medianoche y de día entero! Si supieras los cerros que he transitado, los mares que he surcado, la de soles que he escondido y la de vientos que me han despistado… No te lo creerías. Te he confundido tantas veces con otros cuerpos, con otros amores, con otros besos y con otras pasiones, que entonces no entendía por qué no funcionaba, por qué todo era tan difícil, por qué no sentía que había llegado a mi hogar. Hasta que llegaste tú. Y todo se hizo fácil. Y el tiempo que no te tuve se fulminó en el aire… Te querré siempre.

Tu fiel Alejandra

Virginia

Londres, 11 de febrero de 1996

Antes de nada quiero que sepas que no hay orgullo más grande que el ser tu madre. He de revelarte que te negué muchas veces. En ocasiones por el temor de alterar mi vida y otras tantas por ser consciente del cambio que tú supondrías en ella. Jamás estuve preparada al cien por cien, no voy a mentirte. No quiero hacerte creer que fuiste mi mayor logro o deseo en la historia. En absoluto pretendí concebirte en las noches de desenfreno de mi juventud o madurez. ¡No! Mi intención nunca fue tenerte. Más bien mutilar esa peculiaridad que tenemos las mujeres de crear vida.

Debes saber el desasosiego constante que sentía mi alma por cada retraso, lo mucho que añoraba mi cuerpo el pinchazo menstrual. Y has de saber, incluso, que cuando tu demora confirmó mi mayor temor, deseé con todas mis fuerzas deshacerme de ti. Sin embargo, cuando ya me disponía a hacerlo, escuché tu latido. Un latido tan arraigado a la vida que nunca pensé encontrarme alguno en esta tierra. Te agarraste a mis entrañas con la garra de cualquier acuario y me enseñaste, sin verte, que para amar no hacía falta hablar.

Ese pálpito tuyo me acompañó desde entonces y me aferraba a él como bote salvavidas en un naufragio. Sin verte, sin saber sexo, sin saber nada, solo imploré que todo fuera bien, que nacieras fuerte, sano e inteligente. Pronto me acostumbré a tus patadas en mi vientre, a la pesadez del estómago y al acérrimo deseo de dormir. Con ilusión te dibujé en el aire y te perfilé de colores, no lo olvides nunca.

Es extraordinario darse cuenta de lo verdaderamente importante de esta vida, que no es otra que ser capaz de engendrar otra. ¡Somos increíbles las mujeres! Pensamos y buscamos, desde la adolescencia, al hombre perfecto, a aquel capaz de cambiar nuestro mundo, de mejorarlo. Intentamos, incluso, amarlo. ¡Equivocadas estamos, mis niñas! Un hombre es un vagabundo buscando amor y consuelo, pero cuando se piensa en un hijo la cosa cambia. Un hijo nunca deambulará por las calles buscando amor ni consuelo. Un hijo siempre será más que eso. Al menos mientras viva su madre.

El 11 de febrero de 1996, a las once menos veinte de la mañana, decidiste desprenderte de mí y volar libre. ¡No sabes el temor que tengo al futuro! ¡No sabes lo que he rogado a Dios por ti! ¡No sabes cuánto te quiero, te amo y te adoro! Aunque mi responsabilidad sea siempre, a partir de ahora, dejar de dormir pensando en ti. En ningún momento de mi existencia imaginé que un hombre podría quitarme el sueño como lo haces tú.

¡Ay, mi niño! Mi pequeño. Mi pedazo de cielo. Mi todo. Así, podría escribirte páginas y páginas enteras de tan embriagador sentimiento. Jamás planeé tu llegada, pero al tenerte ahora entre mis brazos me doy cuenta de que eres el mayor regalo que me ha dado la vida. No pensé que una cosa tan pequeña podría provocar en mí sensaciones tan grandes.

Te querré siempre.
Tu mamá,
Virginia

Esperanza

España, 1 de abril de 2020

Queridos amigos:

Hoy es un día muy importante. Es un día lleno de vida, más que nunca, y solo por el simple hecho de estar vivos. ¡Sí! Estamos vivos y sanos, y podemos decir que luchar solo es difícil, pero luchar juntos, tal y como estamos haciendo ahora, es toda una pasada. Así pues, esta carta va dedicada a las personas confinadas en sus casas. Aquellas que luchan en silencio y nadie ve. Aquellas que decidieron anteponer la salud de otra persona a la suya. Aquellas que dijeron que no cuando el resto del mundo calló. Aquellas que intentan amainar con su alegría nuestra clausura. A todos ellos y a todos los que se me han quedado encima de mi teclado: mil gracias.

Quiero exaltar en esta carta la maravillosa labor que están haciendo los médicos y enfermeros de cada ciudad. Ellos son los verdaderos héroes de esta historia. Son los que, a pesar de tener un mísero contrato, traen, llevan, entregan y salvan nuestras vidas. Desde aquí quiero darles las gracias en nombre de todos nosotros, ya que pienso que un solo aplauso todos los días a las ocho de la tarde no es suficiente. Si fuera por nosotros, estaríamos todo el día en nuestros balcones elogiándolos. Pido un fuerte aplauso para las cajeras de supermercados, que con tanta paciencia advertían a personas que cargaban y cargaban sus carros de comida que no era necesario, porque ellas estarían allí.

Fuertes y enteras, dando lo mejor de cada una. Mil gracias, por consiguiente, a los repartidores de comida o de cualquier otro sector, ya que hasta el momento no nos habíamos dado cuenta del pedazo trabajo que teníais, puesto que, gracias a vosotros, no tenemos que movernos de casa para que el pedido sea entregado en nuestra misma puerta. Por último, debemos reconocer el gran trabajo que están haciendo todos los servicios de limpieza, tanto en nuestras calles como en hospitales, ambulatorios, etc. Es gratificante levantarse por la mañana y oler a limpio.

No obstante, pido disculpas si se me olvida alguien por reconocer tan valioso trabajo que está realizando en estos momentos tan delicados. A veces, el estar encerrada entre cuatro paredes, sin más compañía que un perro muy atento, puede hacernos cometer errores tan graves como ese. A mí mi madre siempre me crio diciéndome que era de buen nacido el ser agradecido. Así que aquí estoy, agradeciéndoles a todas estas personas su labor en estos momentos tan difíciles.

Amigos míos, no sé cuánto durará esto. No voy a mentiros, ya que pienso que esa labor es para grandes expertos y yo no soy una de ellos. Solo puedo deciros que lo primero que haré, una vez que esto acabe, será perderme por el campo con mi mejor amigo de cuatro patas, porque sin él este encierro no sería lo mismo, y respiraremos juntos el aire fresco de los pinares que nos rodean. Después, ese mismo día, cogeré un billete de tren rumbo al pueblo que me vio crecer y abrazaré con todas mis fuerzas, sin querer despegarme nunca, a mi familia.

Es una pena, y una alegría a la vez, el darnos cuenta de lo que verdaderamente importa en la vida, que no es otra cosa que nosotros mismos: las personas. Las personas y las consecuencias de estas. Solo espero que con todo lo que está ocurriendo acabemos con todas las cosas que hacen daño a cualquier ser vivo, como el maltrato, el hambre, el abuso y el abandono. Espero que pongamos en práctica todas las buenas acciones de las que estamos hablando en este encierro. Y espero, y con todo el corazón lo digo, que no haya en este mundo ni un alma sin un abrazo y ni un abrazo sin amor.

Ya con esto me despido. Sigamos fuertes. Sigamos así y no cambiemos nunca, carajo.

Siempre estaré con vosotros.
Esperanza

Calíope

Grecia, 26 de mayo de 2010

Querida amiga:

He decidido formar parte de esto que estás creando y quiero que me incluyas entre tus sueños con las mujeres que, de una manera u otra, más hayan marcado tu vida. Me gustaría aparecer dibujada entre tus líneas y perfilada por la sensibilidad que a ti sola te caracteriza. Y me encantaría, por último, que nunca más te separaras de mí.

No he visto unas manos capaces de bailar sobre el teclado como las tuyas, ni tampoco que esculpan mis sentimientos sobre el papel como tú. ¡Ya te echaba de menos! ¡Ya fluyes otra vez!, y me encanta. Me encanta verte sonreír cuando me atrapas entre tus dedos sin dejarme escapar. Es casi como antes. ¿Te acuerdas? ¡Qué bien nos lo pasábamos! Llegamos al punto de confundirnos la una con la otra, y cuando ocurría eso… ¡Puff! Creábamos mundos tan limpios, tan alejados del dolor, la desesperación, el tedio, etc., que aún me pregunto qué ocurrió para que dejaras de cantarme dulces melodías al oído. Tal vez, algún día, estés lista para contarme.

Solo recuerdo que entonces hubo un tiempo en el que sí que estábamos juntas, pero tú… Tú me borrabas. Me eliminabas porque no te gustaba lo que yo te enseñaba. Considerabas que ese mundo no era el tuyo, así que me escondiste. Negabas mi existencia en lo más remoto de tu ser y te fuiste. Te fuiste durante tanto tiempo que nunca pensé que volverías. Y mírate ahora, dejando fluir las cosas como hacías antes de todo. Dejando, sin temor, que arranque de ti todo dolor, toda angustia contenida y todo llanto reprimido. ¡No sabes cuánto te he echado de menos, mi niña!

Yo seguí escribiendo versos en tu nombre y los dejé guardados en el rincón izquierdo de tu corazón. Esa parte está intacta. La cubrí de acero por ti y por mí. No sé, no quería que nadie entrara ahí y siguiera haciéndote pedazos; pienso que ya estabas teniendo más que suficiente. Aunque perdóname que te sermonee ahora. Si solo me hubieses dejado salir por un instante y no me hubieses apartado de la manera que lo hiciste, quizá hubieses querido un poco menos para poder amarte un poco más. No obstante, soy feliz de que hayas vuelto. Es bonito sentir de nuevo la necesidad de crear mundos para ti y para mí.

Nunca hemos buscado la gloria; gracioso esto, pero es cierto. Por eso, cuando alguien dijo que era lo más hermoso que había leído, pensé: «¿Cómo el dolor de una despedida puede ser tan dulce?». Nosotras escribimos para soñar y poder combatir el insomnio que muchas veces nos asalta en la noche. Desde aquí te doy las gracias por volver a darme vida. Por dejarme existir otra vez. Por dejar que forme parte de tu vida. No sabes cuánto te he extrañado ni cuántas veces he intentado calmar tu llanto. Mas no se puede ayudar a alguien que no quiere ser ayudado. Así que desaparecí. Hice lo que me pediste con todo el dolor de mi corazón.

Sin más dilación, esta carta se termina. Pero no sin antes recordarte que siempre hemos sido dos. Siempre hemos estado juntas aunque tú me contradigas en eso. Siempre he formado parte de tu vida. Por lo que quiero pedirte algo: no vuelvas a dejarme, no reniegues mi existencia por mostrarte lo oscuro de tu interior por aquel entonces y, sobre todo y lo más importante, nunca más, pero que nunca más, dejes de ser quien eres. Eres mi musa. Eres la inspiración hecha carne. Eres tan yo, eres tan tú y somos tan nosotras que, a veces, damos miedo. Me encanta ver que volvemos a hacer nuestros juegos de palabras que entretienen al lector y después los deja con el sabor de nada. Me encantas, mi numen. No dejes de ser quien eres.

Siempre juntas,
Calíope

María

Sevilla, 28 de marzo de 1998

A mi primer gran amor.

Siempre he considerado la confesión como una de esas interminables cartas escritas con una incansable mano que se queja. He pensado incluso en lo ilógico que es todo esto, llevar más de quince años sin vernos y aún oler sobre mi piel el aroma de tu cuerpo. Es como si, para continuar con mi vida, necesitase saber de la tuya, planteándome ser una mariposa posada sobre tu hombro.

Has de saber que guardo como un tesoro tu mirada, que tu nombre pervive en mis ojos y que tu olor sigue impregnado en mis manos. ¡Tu olor! Ese capaz de transportarme lejos de cualquier dolor o azoramiento. A él evoco en las coloreadas noches de mi gran tormento. Es gracioso que después de todo lo vivido sea tu fragancia la que aún me acompañe.

He de confesar que no hay nada que me hiciera más feliz que volver a ese día en el que todo cambió —¡maldito día ese!—. Regresar allí para admitir que te voy a querer toda mi vida, que estarás en cada decisión que tome y que tu amor será la vara con la que compare. Fui una ilusa al pensar que serías fácil de olvidar, porque pasaron más de diez años hasta que alguien honesto llamó a mi puerta y le permití entrar. Pero a veces en la noche ocurre algo y es que regresa ese aroma con el que viajo sin remedio a los remotos recuerdos de mi vida, y vuelvo a ese callejón, como si fuera ayer, y revivo ese primer beso sobre mis labios y, a pesar del dolor que esto me causa, no ha habido beso más dulce y ansiado como el nuestro.

Tengo la esperanza de que tu corazón sea más bondadoso que el mío y sea capaz de perdonar. No hay día en el que no me lamente del daño que te hice, ni de tus largos llantos a la luz de la luna, ni de tus prolongadas noches sin dormir. Lo siento muchísimo, de verdad. De hecho, creo que poco a poco, con cada catástrofe amorosa, fui pagando tu desconsuelo. Así que, en ese aspecto, estamos en paz.

Acordarme de ti me araña el alma, como si fueras un gato que al principio amansa pero después siempre acaba clavando las uñas en mi pecho. Sin embargo, reviviré nuestra historia cada 28 de marzo para volver, gracias a tu aroma, a ese callejón donde por primera vez conocí el sentido de la palabra amor…

Tu fiel siempre,
María

Soledad

Galway, 13 de julio de 1920

Querida Soledad:

Ya va siendo hora de ausentarme de tu casa y ver lo que el mundo es capaz de ofrecerme. Sé que durante años has sido mi bien más preciado y el refugio más amado. Me siento como una yonqui adicta al caballo, no puedo compartirte pero tampoco dejarte.

Sé quién eres. Por eso, doy pasos pequeños sobre suelo firme. En cualquier momento puedo tener una recaída, de esas en las que solo tú eres partícipe.

Estoy intentando hacer las cosas bien. Quiero despojarme de tu mano con las ganas locas siempre de volver a tu lado. Esto no es fácil para ninguna de las dos. Y de verdad que sé que, cada vez que venga a saludarte, mis oscuros ojos hiparán la lluvia de tan desgarradora despedida y mi corazón desmenuzará siempre el constante temor de empuñar el pomo de la puerta y decirte adiós.

Siempre tuya,
Ninguna

Itxba

México, 8 de mayo de 1935

Querido amigo:

Antes de nada me gustaría decirte que estoy bien. He llegado sana y salva después de tan duro regreso. Aunque lo que más me apena es que ya casi no te siento, no te toco y no te huelo. Pero cuando cae la noche, la desesperación vuelve a sentarse en la esquina de mi cama, y vuelvo a recordarte. Vuelvo a saber de ti en la vigilia de los sueños y, a pesar de sentirme en calma por un instante, la calidez de tu mano sobre mi pecho me perturba durante días. No lamento ni una pizca el recuerdo que has dejado en mí. Es un recuerdo dulce y amargo a la vez.

Quiero que sepas, amado mío, que aún queda bondad en este mundo ingrato. Me dejaste a cargo de tres maravillosos hijos, portadores de tal sentimiento engendrado por ti. Cada uno es especial a su manera.

Tu brusca despedida nos quebró a todos, nos paralizó. Nos hizo caer en un mundo desolado, cruel y sombrío, sobre todo a mí. La tristeza entró a patadas en una casa donde la felicidad siempre había sido el sentimiento reinante. De golpe era como si nunca hubiéramos estado unidos los cinco. ¡Tú nos separaste! Siempre pensé que envejeceríamos juntos y, mírame ahora, sola en la casa que tú y yo con tanto amor construimos. No obstante, quiero que sepas que estoy bien. Ya poco a poco he empezado a dormir por la noche.

También aprovecharé para exigirte que en sueños aparezcas siempre. No te vayas. Sigue impulsándome hacia delante. Sigue diciéndome que soy fuerte. Sigue abrazando mi llanto. Sigue besando mis labios con la misma pasión que la noche de bodas. Por favor, no me dejes nunca. Al menos dame eso. Deja las noches para mí. Tú te llevaste mis días en tu último aliento. ¡Déjame las noches para mí! Déjame cerrar mis ojos y seguir imaginándote en el lado derecho de la cama. Me duele mucho ir difuminando tu rostro en el viento. Me duele mucho pensar que tú también lo puedes llegar a hacer. Sobre todo cuando me aferro al crepúsculo de tu recuerdo.

La gente me dice que todo pasará, que poco a poco aprenderé a vivir con ello. Pero ¿y si yo no quiero? ¿Y si prefiero sumirme en la profundidad del anochecer con tal de estar contigo? No me digas egoísta cuando tú te fuiste sin previo aviso, hazme el favor. Mejor dime al oído que todo va a ir bien. No me trates como boba por pensar que todo es una terrible pesadilla, que cuando oscurece se lleva con ella todo mi pesar por esa puerta.

Es que el único problema que hay aquí es no querer vivir sin ti. Es no dejarte ir. Es no dejar de esperarte. Es no desaparecer de mis sueños. Es no dejar de imaginarte reprimiendo a nuestros hijos. Es no saber amar. Es como si esa capacidad te la hubieses llevado contigo allá donde estés. Mas lo peor de todo es ser feliz con pernoctar contigo y sentir que ese camino es mi única salvación hoy en día. Así que pronto estaremos juntos sumidos en el abrazo eterno de nuestro amor.

Siempre tuya,
Ixtba

Ana

Venezuela, 7 de agosto de 1987

Una madre es como un roble: fuerte y firme. Somos el pilar fundamental de cualquier familia. Nosotras creamos cosas sin tener que destruirlas. A veces pienso que si este mundo fuera gobernado por una mujer, todo, o la mayoría de las cosas, iría mejor.

Vengo de una generación de mujeres fuertes y decididas, de las que no se acongojaban si alguien estaba muriéndose al lado de hambre. Sin embargo, cuando se trata de un hijo… todo es diferente. Más si sabes la forma en la que está arruinando su vida. Tal vez Dios me está poniendo a prueba contigo; por esa razón procuro mantenerme firme y fuerte. Ya tendré tiempo de llorar y gritar. Ahora no. Ahora es el momento de esperar a que entres por esa puerta sano y salvo.

Tus últimas palabras estampadas en un papel fueron: «Mamá, me he ido. Lo siento». Palabras que aceleran mi corazón hasta el punto de rozar la desazón. Cada una de las letras ahí escritas va recorriendo mi espalda como un hilo frío, incapaz de templar. Y tengo mil razones para sentir todo esto y más al leer esa nota pegada en el frigorífico de mi cocina.

Quiero que sepas que tenerte ha sido uno de los mayores regalos que me ha dado la tierra. Llegaste a mí de la forma más deseada que una madre podría querer. Y cuando te entrelacé con mis brazos, ¡madre mía! Fue el momento más feliz de toda mi vida. En noches como esta es lo que me mantiene cuerda y me hace esperarte, aunque sean las cinco de la mañana de un martes cualquiera.

Lo peor de todo esto es el no poder culpar a nadie, ni siquiera a ti, hijo mío. Tú eres solo una víctima como cualquier otra. Únicamente estuviste en el lugar equivocado en el peor momento de tu vida. No sabes cómo me gustaría tenerte menos lástima ni cómo cambiaría el momento en el que pinchaste por primera vez tu dulce cuerpo virginal.

Médico querías ser de pequeño, ¿te acuerdas? Seguro que no. Ya apenas sabes dónde o en qué día vives. Solo procuras encontrar cualquier alucinógeno que te haga olvidar esa ansia loca de querer lo que sea cuando sea. Salvar vidas querías, y mírate ahora, gritando de lejos la satisfacción de un pico.

Lo más curioso es que no te recrimino nada. No me importan las veces que me has robado ni las que me has mentido. Antes de que lo hicieras, yo ya lo sabía. Una madre lo sabe todo, hijo. No puedo reprocharte el sufrimiento que me causas, como tampoco la incertidumbre constante de dónde estarás hoy. Solo me aferro a la esperanza de que abras esa puerta y llegues bien a casa.

La intención de esta carta es dejar abiertas las puertas del alma para que la pena que alberga mi casa salga volando por esa ventana, por las que tantas veces he querido tirarme yo. Pero, como ya dije anteriormente, soy como el roble, fuerte y firme. Tengo que serlo en estos momentos, no puedo caerme, o pararme a llorar, o lamentarme. Debo tragar saliva, alzar la cabeza y pensar que ya habrá tiempo para soltar el llanto que comprime mi pecho o el pecado que cometí al proporcionártelo yo misma.

¡Desesperada una madre debe estar al hacer eso, Dios mío! ¡No me juzgues! Solo quería calmar la tortura de la droga sobre mi hijo. Creo que en ese preciso instante Dios y yo hicimos un trueque; él me abandonó a mi suerte y yo dejé de rogarle por mi existencia o por la de mi hijo. Preferí ser humana y mirar hacia otro lado. Antepuse el deseo fortuito de mi hijo y aflojé las riendas de mi casa. Anticipé su muerte a la mía. ¡No sabéis cuánto duele eso! ¡Qué pena más grande es ver a un hijo morir por tu culpa! Eres la muerte andante, mi niño. Andas con los ojos, caminas a medias y agarras con el pecho un suspiro. Un suspiro que suena como un continuo tictac de un reloj que en cualquier momento se parará.

Son las cinco de la mañana y, a pesar de no creer en deidades, aquí estoy impertérrita consolándome con avemarías, que lo único que hacen es calmar la ansiedad de mi pecho provocada por tu ausencia. Perdóname otra vez por odiar la vida de mi hijo y ansiar desde mis entrañas su muerte. Sé que una madre nunca debería ver morir a su hijo, pero ahora no hay cosa que más desee en esta tierra: descansar en paz, al menos, cuando me vaya.

Lo siente mucho,
una pecadora

Carlota

Valencia, 22 de marzo de 2020

Buenas noches a todos.

Mi nombre es Carlota y tengo veintisiete años. El motivo de escribir esta carta es porque una buena amiga me ha dicho que me puede servir de algo. Ella dice que si lo digo en voz alta el dolor se va por el aire y aquello que en aquel momento nos dolió deja de tener tanta importancia, porque empieza a desprenderse y empieza a dejar huecos para cosas mucho más relevantes. También considera que el hecho de asfixiarme tanto por la noche es debido a las miles de capas que he puesto a cosas que hacen daño. ¿Por qué cuesta tanto hablar de una misma aun sabiendo que es lo mejor que puedes hacer? Es como si te quedaras sin palabras. De pronto te vuelves muda y te aferras al nunca existió si no se habla de ello. Pero poco a poco te consume. Te hiere. Te ahoga. Poco a poco te vas poniendo la soga que durante equis tiempo te estaba poniendo él. Ahora creo que con el hecho de no mencionarlo lo he hecho más fuerte en mi interior. Aparecía con más frecuencia en mis pensamientos, en mis días y, lo que era peor, en mis noches. Recuerdo esas noches como las más largas que he tenido. En ellas me hacía partícipe de tus fechorías y me creía culpable de cada golpe que salía de su mano. Sin pensar que aquello estaba mal.

Un día, no sé por qué, decidí ser valiente y osé salir a la calle sin él. Y al pasar por un escaparate no me reconocí. Había perdido mi figura, mi mirada de pilla y la sonrisa que un día le enamoró. Y fue entonces cuando me di cuenta de que el único culpable de todo era él.

Yo solo amé a alguien que no me amaba a mí. Antes pensaba que tenía que acostumbrarme a su forma de amar —la correcta siempre—. Llegué incluso a decir que él sabía amar mejor que yo, pero nada más fuera de la realidad. Yo amo bien. Yo amo libre. Yo amo sin dolor. Yo amo sosegada.

Una lástima es escribir una carta y que nunca la lea. Supongo que una parte de mí aún le guarda rencor por todo aquello que ocurrió entre nosotros. Al menos —cosa que no me esperaba que iba a sentir una vez me dispusiera a escribirle esta carta— no siento pena al expresar todo aquello que un día sentí por él. Eso me hace pensar que poco a poco va desvaneciéndose en el aire. Y al ir desapareciendo me voy sintiendo más fuerte por dentro.

No voy a negar que le amé y que luché para que todo nos saliera bien. Pero, desde lejos, ya me he dado cuenta de que solo yo tiraba de esa carga y que solo yo era la que mantenía la relación. Él nunca me puso delante de sus necesidades. Me dejaba relegada en un rincón y encima tenía que parecerme bien. Curioso, la verdad, viniendo de alguien que exigía en todo momento ser el primero y tener que estar yo a su disposición cuando a él le apetecía.

No quiero hacer de esta carta un reproche. Solo pretendo escribir desde la distancia. Desde el otro extremo. En ningún momento diré que no me quiso ni que no estuviese enamorado de mí. No obstante, sí que diré que la manera de acariciarme en las noches de dolor me arrancaba la piel a tiras y escupía en mis heridas. La protección no era su punto fuerte tampoco. Desnuda me dejaba en la fría noche de mi cama que solo venía a calentar para calmar el deseo de su sexo.

Es raro no saber cómo escribir su carta y más cuando ya todo terminó hace mucho tiempo. No puedo desearle lo mejor, pero tampoco lo peor. Creo que es el sentimiento más sano que tengo en mi interior: la indiferencia. Solo pido compasión por la persona que esté a su lado. Desde aquí le envío todo mi apoyo emocional y físico. Va a ser duro, amiga mía. Sé que pensarás, como en su momento creí yo, que a ti te irán mejor las cosas solo porque no eres yo; empero debo decirte que él va a ser siempre así —cosa que a mí me costó mucho de entender y comprender—, no va a cambiar. Quiero pedirte desde la luz tenue de mi cuarto que no hagas lo que hice yo. No te amedrentes. Sal ahí y busca una mano amiga, siempre las hay. Y, por favor, no te creas cuando te diga que nadie habrá que te quiera más que él. Sí que los hay. Sí existen los hombres que te abrazan cuando tienes miedo en la oscuridad de la noche y te besan la frente antes de irte a dormir. Sí que hay hombres que quieren que pidas opinión a gente de fuera, cuando te sientes ofuscada. Sí que hay hombres que se sientan contigo y hablan, y no te dicen que estás loca por pensar así, sino que se echan a reír contigo y te dicen: «Yo pienso como tú».

Así que con esto termino. Sé fuerte y acuérdate de que hay mujeres que han pasado, pasarán y están pasando lo mismo que tú, y que si yo logré desdibujarlo del viento, tú también podrás; que si yo conseguí dormir de un tirón por la noche, tú también, y que si no puedes llorar ahora, piensa que ya lo harás, tendrás tiempo. Y cuando lo hagas no pararás en días, tal vez en semanas. En ese instante, menciona estas palabras: «Lloro porque tengo llanto atrasado».

Atte.,
Carlota

Clara

Málaga, 4 de abril de 1999

Pensaba que las cadenas que me ataban a ti serían difíciles de soltar. Creía que el hecho de alejarme me iba a hacer perder la cabeza, que no tendría fuerzas suficientes para enfrentarme a la cruda realidad, que no era otra que lograr deshacerme de ti. Me equivoqué. La tranquilidad en mi cuerpo y en mi mente me azotaron a los cinco minutos de mi huida, ya que tu falta de sensibilidad llegó a provocarme muchos más estragos que los que yo podría causarme al decirte adiós. Ilusa a la vez fui al pensar que mi única esperanza en este mundo llevaba tu nombre. Y mírame ahora a lo lejos… Libre. Libre como nunca antes fui.

La última vez que me pusiste tu mano encima de aquella manera y me dejó marcada durante días, se lo grité al viento. Me desgañité diciendo que sería la última vez que tu mirada y la mía se cruzarían, que ya iba siendo hora de esfumarme de allí, que mi tiempo de descuento ya se había acabado y que, por fin, sacara del interior de mis entrañas el poder suficiente para hacer caso a las palabras que tantas veces me chillabas al oído: «Lárgate de aquí».

Así que me fui. Repugnándote por el camino de la vergüenza. Escupiendo tu nombre entre mil maldiciones. Desatando de mi cintura de mujer tu cinturón de castidad, a la vez que me iba tragando la llave. Arranqué, gracias a Dios, tus asfixiantes cuerdas de nailon y sentí sobre mi piel el soplo del aire fresco… Y al final de todo: libertad.

Sentí tu ausencia en carne viva y me cansé de escribirte con mi agotada pluma durante años, pero ya regresa a casa, ya salí del laberinto del Minotauro, que tú encarnabas. Y alcé mi vuelo, como nunca antes lo había hecho. Precaución con Helios tuve y adiós te dije… Sin ningún porqué, sin ninguna explicación, sin vida, lancé miles de palabras al firmamento con la única intención de volar.

Pero, a pesar de volar, de salir, de afrontar, me fuiste dejando paulatinamente el amargo sabor de lo que para ti era la palabra *amor*. Me exprimiste en todos los sentidos en los que una persona puede llegar a serlo. ¡El jugo de mi vida me lo robaste!

Pero lo más doloroso de todo esto no es colocarte en el camino correcto y comenzar a distanciarte. ¡No! Lo desgarrador es seguir amándote, a pesar del sufrimiento y dolor que esto me causa. Así que he decidido ir a nuestro rincón un día más y encontrarme allí contigo. ¡Solo una vez más! La última y la definitiva, de verdad. Solo para desprenderme de los recuerdos de nuestro pasado y unirme con los diminutos trocitos de piel que tú te dignaste a dejarme…

Clara

Elisabeth

Nueva York, 11 de noviembre de 2010

Dices de mí que soy dulce y calculadora, leal y traicionera, firme e insegura. Comentas que mi único verdadero amor son los libros, donde me sumerjo y me elevo como brizna de hierba por el viento. Puta de mis palabras, también oí decirte. Comentaste en una ocasión, si no recuerdo mal, que mi mejor amigo es el tiempo y que todo lo dejo a su merced, sin preocuparme demasiado por el qué o el cuándo. Interpretaste mi vida como si esta fuera una vulgar ramera que va y viene. Me declaraste de por vida como única emperatriz de mi casa, dibujando en el aire la impenetrable armadura de mi pecho donde guardo sueños por cumplir.

Sin entender siempre esos cambios de humor tuyos. Esas idas y venidas sin sentido. A veces, pensaba que lo hacías para torturarme en la inquietud de tu ausencia, pero otras tantas, llegaba a la conclusión de que no se debía mendigar amor a una persona que solo garabateaba tu cuerpo porque no encontraba otro para yacer. Miles de veces intenté verme reflejada en tu mirada mientras follábamos y miles de veces más apartaba mi mirada sin respuesta. Intentaba retenerte en un suspiro. Pretendí mostrarte las entrañas de mi ser. Tanteé tu amor cuando, sudada y desnuda, me dejabas sobre las sábanas alquiladas y sometidas de mi cama.

No sé por qué buscaba tu aprobación ni por qué deseaba con todas mis ganas el verme reflejada en tu mirada. Supongo que me enamoré más de lo debido. Quizá Cupido sea el único culpable de tan amarga traición y me haya dado de lado, por implorar, incansable siempre, tu afecto en la infinitud de las vacías noches que tú me dejabas sobre mi pecho. No quiero recordarte cuánto te he querido ni cuánto te he odiado. Ambas forman parte de la misma moneda que aún tengo guardada en el bolsillo izquierdo de mi pantalón.

¡Hacer el resumen de una vida es tan complicado! Hace mucho tiempo que dejé de contar capullos de rosa que entraban y salían de mi jardín. Aparté de un zarpazo las ganas locas de sentirme única. Rebusqué entre escombros un atisbo de cariño. Tarareé mil veces en silencio las canciones de amor que tú me cantabas al oído e imaginé mi final perfecto: «Me elegirá a mí». Y esperé…, esperé…, esperé. Esperé tanto tiempo que dejé que el tiempo llegara a consumirme. Me consumió tanto que me he acostumbrado a tu recuerdo. Un recuerdo que me hace tanto mal que si lo escupiera saldría de mi boca toda una elegía sin métrica fija.

Gracias a ti, habitué a mi cuerpo al desengaño. Lo vicié al cuerpo con cuerpo, sin permitir un mísero recodo de algún sentimiento. Aparté de mi mente lo que yo verdaderamente quería y entré en el bucle perverso que tanto mueve a este maldito siglo XXI.

Tal vez la cuestión del momento sea puramente relativa. Tal vez deba amoldarme a esta soledad. Tal vez mi destino no sea otro que el de derrochar amor por doquier, sin pedir nada a cambio. Tal vez sea yo la culpable de tan fatal camino. Tal vez ver de lejos el amor sea mejor que de cerca. Tal vez así todos estemos mejor. Tal vez yo sea de otra época, cuando el amor te elevaba y no derribaba.

Intento convencer a mi corazón de que es feliz así, llegando a engatusarlo con noches fortuitas de cariños desmesurados. Repugno a gritos al compromiso, diciéndole que él no es para mí… Pero, cuando me azota tu recuerdo, río con violencia y vuelvo a repetirme mil veces y una más que esa risa no es por ti.

P.D.: Elisabeth, la mujer divina que Dios apoya.

Inés

La Rioja, siglo VII d. C.

A muy Señor mío:

Perdóname, padre, porque he pecado. He roto el noveno mandamiento al pensar en un varón distinto a vos. Para más inri, lo imagino tocando, besando y gozando mi cuerpo. Ese que prometí entregarle como tributo a tan amor incondicional que yo le guardaba.

Mi muy Señor mío, discúlpame por cometer actos impuros al mancillar a gritos su nombre. Él me eleva al cielo y me deja comer de la tierra. ¡Nunca imaginé que alimentarme de ella podía ser tan fructuoso! Siento mucho haber llegado a amar a alguien más que a usted. Pero más lamento aún que la culpa no me turbe.

Tengo el alma ardiendo de deseo y, no creo, afirmo que este fuego que sale de mi pecho proyecta el camino a seguir de mi amado. Y mi amado me trae la tierra en la que sembrar la esperanza de toda una vida. ¡Padre, esto que siento no puede ser pecado! Es amor. «Amor al prójimo», como muy bien divulgaron tus discípulos san Marcos y san Mateo a tu pueblo.

Quiero que sepa que intenté con todas mis fuerzas acabar de raíz con este anhelo tan perturbador. No pude. La debilidad recorrió mi cuerpo al ver su rostro. Mi apetito brotó de mi alma como un dique rebosante de vida. Mis labios se abrieron lentamente para dar paso a los suyos. Y mis manos temblorosas bajaron para rodearlo con la firmeza de cualquier concubina.

No lloro, padre. Solo espero que, antes de mi muerte, pueda usted llegar a absolver tan lacerante pecado. El diezmo de mi cuerpo a esta santa Iglesia, aunque permanezca en ella, surcará el cielo para encontrarse con su amado. Así, viviré con la creencia de que al girar el pomo de esa puerta y cerrarla tras de mí, usted, mi redentor, me eximirá de la impureza de mi alma. Mas no me importa ya carecer de la castidad que juré llevar hasta mi muerte. Solo le pido que no condene a esta pobre pecadora al infierno. Yo, a cambio, prometo deificarle siempre, honrar a mi padre y a mi madre, no matar, ni robar y menos aún envidiar al vecino por tener bienes mejores que los míos. Lo único que ansío es ser libre, señor Jesucristo, porque siento que si me quedo aquí durante mucho más tiempo dejaré de amarle como es debido.

Lamento en lo más profundo de mi ser tan desoladora despedida, Padre todopoderoso.

Siempre suya, aquí o allí,
(sor) Inés

Jimena

Santiago (Chile), 7 de septiembre de 2001

A mis queridos y amados *fans*:

De un tiempo a esta parte llevo sobre mi espalda la pesada carga del querer decir y no poder. He intentado, por activa y pasiva, continuar con vosotros en este camino agarrada siempre de vuestra mano. Sin embargo, mucho me temo, con todo el dolor de mi corazón, que me retiro de los escenarios. No sé cuánto tiempo me ausentaré ni si algún día volveré a pisar uno con las mismas ganas de la primera vez… A estas alturas no entiendo ni sé nada. Lo siento. Soy consciente de la repercusión tan negativa e inesperada que puede llegar a tener este comunicado, por eso he decidido hacerlo yo directamente sin intermediarios, para así evitar los supuestos «dichos» y «diretes».

Antes de continuar, y como la parte más importante de toda esta carta, quiero deciros que os amo y que os amaré de por vida. Gracias a vosotros mi existencia adquirió sentido en esta tierra y nunca olvidaré todo, absolutamente todo, lo que habéis hecho por mí. Vuestras voces entonando mis canciones en los conciertos o las luces en el cielo prendidas por un mechero son recuerdos que me llevaré conmigo y rememoraré por los siglos de los siglos. Muchos de vosotros odiaréis estas palabras, otros tantos diréis que ya iba siendo hora de tomarme un respiro. En cambio, habéis de saber que no tenéis la culpa, ni de esta decisión ni de cualquier otra que yo tome en mi vida. Prefiero recordaros cantando mis canciones al cielo, sintiendo cómo se os iba erizando la piel al abrir las puertas de un concierto.

Deposito en vosotros la confianza del recuerdo como el mejor aliado de esta inminente ausencia que dentro de poco nos separará. Afronto con fuerza la esperanza de volver a veros, ya que a esta me he impuesto no perder. Así, con valentía y rebeldía, os hago la afable promesa de un regreso tan incierto como es el futuro. Siento mucho no poder entregaros otra cosa que no sea esto...

Sin perpetuos preámbulos he decidido tomar distancia de los escenarios y de las agotadoras ruedas de prensa. La embriagadora ilusión, cuando inicié esto con diecisiete años, se fue disipando paulatinamente a medida que pasaba el tiempo. Comencé por dejar de sentir mis canciones. Los nervios de un concierto, esos que te hacen saltar, bailar, soñar e imaginar, se esfumaron como si nunca hubieran estado ahí y, de este modo, llamó la inercia a mi puerta instalándose en mi casa sin intención alguna de marcharse. No obstante, nunca arrinconéis mi nombre, ese que me disteis vosotros. Os debo mi vida, no olvidéis eso nunca.

Mi hora ha llegado. Mi momento me espera tras la firma de este papel. Os llevaré por siempre en lo más profundo de mi corazón. Os haré eternos. Os haré inmortales.

Os querré siempre,
Jimena

P.D.: Y cuando yo me vaya no quiero llanto, recordadme siempre en el canto...

Penélope

Ítaca, 10 de octubre de 2012

Siempre que emprendas un viaje recuerda desviarte siempre. No te limites a andar caminos convencionales o muy transitados. Sal de ahí y explora. Adéntrate, amigo mío, en la oscuridad de la noche y baila con ella. Abraza a la luna como única amante y amiga, que la lluvia de otoño borre tus huellas en el camino y que la brisa de la estación seque las lágrimas por los que fueron y ya no.

Cuando inicies tu travesía no olvides equivocarte y piensa que otros pasaron y lo hicieron. Y si por casualidad ninguno de ellos erró, pero tú sí, no lo lamentes. No azotes a tu mente con pensamientos amargos y contradictorios. Enderézate. Aparta de tu camino las espinas que tu cuerpo creó alrededor. Arráncalas con fuerza y sigue. Sigue caminando. Cualquiera que pasó por ahí te diría lo mismo: «Nadie te dijo que fuera fácil».

En el momento que escuches a personas opinar que no lo lograrás, que es imposible, que mengano lo hizo y solo por el mero hecho de ser mengano y no tú, recuerda esto: «Nadie es más especial que nadie. Todos tenéis vuestro encanto». Y si mengano lo logró, tú también lo harás. Y tal vez con mayor precisión que él, o quizás a la cuarta o quinta vez. Solo recuerda que lo conseguirás.

No desesperes si el camino se hace lento y rutinario. No creas que, por hacer siempre lo mismo, no avanzas. Todo lo contrario, amigo mío. A veces los pasos son lentos, pero no por ello dejan de ser certeros. Disfruta de cada momento por tedioso que sea. Piensa que no volverán y que cuando la tormenta aparezca, amigo mío, esos momentos añorarás.

Y cuando todo esto acabe, no escondas ni una de las cicatrices del viaje. Enséñalas con orgullo. Lúcelas. Otros desistieron a seguir adelante y tú terminaste. Enorgullécete. Y, cómo no, siéntete libre. No hay mayor estado de bienestar que sentir que lo has logrado, que no ha importado el tiempo dedicado o las noches de insomnio. Llegaste, amigo mío. Por fin estás aquí.

Una vez aquí, anima a otros a emprender su viaje. Estimúlalos desde tu propia experiencia y deséales lo mejor. Pero no les mientas. No finjas diciéndoles que fue fácil. Diles que es posible, que estarás ahí para apoyarles, que no importa si se caen una o mil veces. Agárrales fuerte de la mano y diles: «No estás solo y no temas equivocarte. Yo lo hice mil veces». Demuéstrales que la fuerza no es quien da el golpe más bruto. Edúcalos para que no sean copias baratas de otros. Instrúyelos para que la sabiduría sea su mejor arma. Y ámalos, amigo mío, ámalos por cada momento que te brindan, por confiar en ti, por dejarte que formes parte de su camino y por desesperarte en momentos en los que son más nocivos con ellos mismos. Ahí, en estos últimos, es cuando más firme tienes que ser, más estricto, porque es cuando ellos no saben qué hacer y necesitan una mano amiga que les diga: «Ya casi lo tienes. No desesperes».

Y cuando se desprendan de tu mano, siéntete satisfecho por tu trabajo. Ya es su momento. Ahora solo limítate a observarlos de lejos y ver cómo brillan, cómo crecen, cómo gozan. Y sonríe al recordarlos. Sonríe por cada momento que has vivido con ellos. Sonríe por sus idas de cabeza, por sus bromas, por sus charlas incesantes con el compañero cuando tú rogabas silencio. Sonríe siempre porque lo has hecho lo mejor que has podido. Sonríe.

Siempre, P.

Sofía

Málaga, 3 de diciembre de 1997

El reloj de mi cuarto ha ralentizado mi tiempo. Pareciendo así los segundos minutos; los minutos, horas y las horas, años. Falta menos de un minuto para que den las diez de la noche. Hace menos de cinco horas que estaba contigo y menos de siete cuando estaba exhalando el aroma de tu pelo en el sofá de nuestro salón-cocina. Los domingos, como este, se han vuelto en los peores de mi vida.

Hoy me he despedido de tus manos alrededor mi cintura, de tus miradas cuando yo me hacía la dormida y de tus besos en la frente, capaces de alejar mis pesadillas.

Cerrando los ojos, puedo ver cómo caminas de un lado a otro por el piso medio amueblado en el que vivo ahora. Aún oigo tus silenciosas risas en el escandaloso silencio que en este preciso instante me envuelve. Todavía corro en sueños para llegar a rozarte…

Te echo de menos. Creo que está claro. Mi diestra mano, consciente de la ausencia que nos separa, ha tomado el primer lápiz que vio y está dispuesta a traerte de vuelta a casa… Antes de las diez.

En la divinidad de los sueños ocultos de la soledad pretendo encontrarte. En ellos juro besarte, abrazarte y, si me dejas, amarte.

Amarte. Amarte de la misma forma que hace equis tiempo. Pero amarte. Te lo prometo.

Testaruda soy —nadie como tú lo sabe— y aunque siempre me despierte *Don't believe in love* de Dido, te garantizo que el día menos pensado a las diez de la noche llegaré a tocarte.

Sola. Retengo tu nombre entre estas cuatro paredes que me protegen del frío que me abrasa. Nada necesito y nada quiero.

Salgo a la calle. Persiguiéndote por Marqués de Larios y Alameda Principal. Por fin, entre el paseo del parque y la calle de los Curas he logrado acorralarte.

A punto estás de coger el primer autobús a donde no sé qué parte. Las dos menos cuarto de la madrugada y yo sin comer, sin dormir… Sin ropa que se me pegue al cuerpo.

Trazando la línea que nos separa, tú… Sin embargo, frente a ti, te miro directamente a los ojos, sin pestañear, sin tragar saliva y casi sin respirar… Un extraño sonido entre mis cuerdas vocales intenta salir a la superficie, pero se esconde entre la glotis y la garganta, impidiéndome gritar: «¡No te vayas! ¡Quédate conmigo!». Corro, creo que puedo alcanzarte. No obstante, una espesa oscuridad me hace caer al suelo, viéndote así desaparecer a través de ella.

Humillada y sucia, decido regresar a este piso alquilado por no sé cuánto tiempo. Aún tengo la esperanza de que regreses a mí. Aún te aguardo con los brazos abiertos. Aún te espero entre las sábanas de nuestro lecho. Aún te quiero… Y despierto.

Despierto de ese atolondrado sueño. Me vuelvo a ver sola, reteniendo tu nombre entre estas cuatro paredes que me queman. Y vuelven a ser las diez de la noche de un domingo cualquiera. Y el tiempo vuelve a ser lento… Y vuelvo a escuchar a Dido, *See the sun again*.

Hasta siempre,
Sofía

Gabriella

Kenia, 6 de febrero de 1980

Mi madre siempre me ha dicho que cuando algo me costara contar, desde el principio he de empezar. Así que, después de haber intentado escribir esta cara unas quinientas veces, haré caso a la sabiduría que a ella le caracteriza y comenzaré.

Cuando emprendí este viaje lo hice con la euforia de la juventud, con las ganas de conocer y con el rebosante amor de mis manos. Soy cirujana en mi país de origen, Italia, y me vine a África con la intención de erradicar costumbres insalubres y familiares que solo hacen retrocedernos en el tiempo y estancarnos en él. Antes de continuar, quiero que sepáis que he hecho, y seguiré haciendo, todo lo que sea posible para cambiar las cosas, seguiré quedándome en vela buscando soluciones a un continente que, a mi parecer, no está aún preparado para ellas. A veces, estos intentos infructuosos son los que me frustran día tras día… La primera vez, me costó inhalar; ahora que sé el qué, el cómo, el por qué, la exhalación facilita el trabajo de mis manos.

Tal y como dije antes con las manos llenas de amor rebosante venía, con las ganas locas de la primera vez y empuñando con la mano izquierda la bandera de la libertad y con la derecha, mi bisturí. Las palabras de libertad e igualdad aquí son títeres que hacen reír a la población por doquier. Aquí, el único deber que tiene una mujer es el de obedecer, yacer y no gemir. Yo pretendía, y pretendo, cambiar eso. Ansío sobre su piel aire para secar las antiguas heridas de sus arcaicos familiares. Y, aunque ahora esto suene como algo inalcanzable, sé que algún día una de vosotras dirá no y todas las demás la seguiréis, como el más devoto escuchando las parábolas de Jesús.

De vuelta me llevaré la noche en la que me enamoré de África y de sus atardeceres. Su oscuro manto vistiendo la tierra. Las noches africanas son preciosas, nunca he visto ninguna igual. Sus estrellas, como única guía para el peregrino, y su luna, como única amante y amiga en mi soledad.

Aporrean mi puerta ahora con la intención de perturbar mi tranquilidad. Cada vez lo hacen con mayor fuerza, como si esa fuera la forma más aceptable para poder amedrentarme. A gritos. A golpes. A agravios. Pero esta noche no. Esta noche saldré ahí fuera, Nasha, por ti y por todas las mujeres cercenadas de este mundo. No importa morir en el intento. Ya, al comienzo de esta carta, dije que quería cambiar este país, mejorarlo, revolucionarlo, amarlo, así que aquí estoy yo: fuerte, determinante; y abrazaré y amaré y abrigaré a toda semejante a mí. ¡Maldita sea! ¡Cambiemos todo esto! Esto no es algo divino, es algo impuesto por la sociedad, ¡cómo no vamos a ser capaces de permutarlo! En serio… ¿esto es lo que queréis para vuestras hijas? ¡No puedo creerlo!

Yo no soy madre, pero no puedo pensar que una madre pueda llegar a ser el sufrimiento de una hija de cuatro años. No puedo concebir que una madre entregue a su hija a manos de un hombre veinte años mayor que ella. No puedo imaginar que la ignorancia vuestra llegue hasta el punto de no importar la muerte de Nasha. Ella era la luz de esta aldea. Ella estaba llena de vida —porque tenía toda la vida, y más, por delante— y vosotras extinguisteis esa luz. Siempre he pensado que una madre es la encargada de apartar a sus hijas del dolor. Siempre he creído que una madre es la persona que nos alienta y aconseja en la confusión de la vida. Siempre he supuesto que una madre no mutila a una hija… Equivocada estoy, estaba y estaré.

Aun así no pierdo la esperanza en vosotras. Sé que algún día otra mujer tomará las riendas y os hará libres. Queda mucho camino que recorrer, mucho llanto que llorar y muchas injusticias que denunciar.

Yo vine a África a cambiar el mundo y, aunque paradójico suene, es el mundo el que me ha cambiado a mí. Ojalá que venga alguien capaz de extirpar el cáncer de la incultura, mientras tanto saldré ahí fuera e incansable siempre batallaré contra los demonios que nos rodean.

Atte.,
Gabriella

Isabella

Bernal (México), 12 de enero de 1975

Antes de nada, sois vosotros los únicos que me habéis martirizado por ser quién soy. Yo nunca me he considerado víctima de los juegos banales del hombre, más bien, durante toda mi vida, he repudiado serlo. Así que me harté de ser señalada por mi pueblo, murmurador innato de nombres. Me fatigaron las constantes conversaciones ajenas donde yo salía a relucir y ni qué hablar del nocivo comadreo vuestro de tres al cuarto.

Querido lugar que me vio crecer, yo no tengo culpa de saltarme tus arcaicas reglas que encuentran felicidad en el estanque de la ignorancia. Toda mujer o niño ha nacido libre. Pero parecen ser estas palabras un precioso escaparate con el letrero impasible del «no tocar».

Sin más dilación me voy. Quizás con el paso de los años deis de lado a las costumbres tóxicas del qué dirán y comencéis, simplemente, a ser.

Durante mucho tiempo he divagado por los callejones estrechos de la incertidumbre llegando, incluso, a confundir mi vida con un mal sueño, del que nunca me podía despertar. He tardado mucho en aceptar el glande de mi cuerpo —únicamente el santísimo Padre sabe cuánto lo he repudiado— y, sin embargo, el mayor temor que yo tenía no era otro que mostrarme al mundo y que este me diera la espalda, tal y como hacen los libros una vez cerrados. Me estremece amar mi parte varonil tanto como a la naturaleza que me rodea. He tiritado la soledad miles de noches… y aquí estoy.

En cambio, decidí crear un mundo a donde ir cada vez que el rechazo estuviera latente. Así, me armé de valor y te escondí entre mis piernas con una tirilla amarrada a mi cintura. Me calcé los tacones altos de mi hermana y cubrí mi cuerpo con el vestido de graduación de mi prima; y nunca, nunca, he sido más feliz en toda mi vida.

Yo no tengo culpa de ser una mujer enjaulada en el cuerpo de un hombre. A mi favor diré que requetebusqué el amor, la pasión y el deseo en los brazos de una fémina, pero mi virilidad solo reacciona ante la presencia de otro como él. Dejemos de lado las palabras *marica*, *maricón* o *gay*, en ninguna de ellas me encasillaréis. Yo soy una mujer esperando a ser amada y respetada por una sociedad retrógrada y sin sentido. Por eso, estoy más que preparada para encontrar mi sitio, para apartar de mi vida el victimismo del que siempre me habéis otorgado y comenzar, pues, a ser un claro ejemplo a seguir.

Oso alzar mi voz para armarme de valor y protestar con fuerza. Ya no más encierros. Ya no más oscuridad. Ya no más vergüenza. Soy hermosa tal y como soy, y si este ingrato mundo aún tiene los ojos cegados por el alquitrán, que le den. Yo nací libre y libre pienso morir. Porque no hay amor más verdadero que el propio.

Isabella

Julia

Tánger, 6 de abril de 2013

Dejé marchar tus sudores del lado izquierdo de mi cama hace ya algún tiempo. Prescindí de las ropas que olían a ti. Arranqué de mi lecho todas las sábanas en las que dormité contigo. Arrojé al viento todos los recuerdos. Largué por mi boca los más insospechados insultos. Expulsé lo tóxico que tenían tus labios. Abandoné la esperanza de volver a ti. Y empecé a cambiar mi vida. A soñarla.

Las noches en las que no me derramaba por ti las reverencié. Me hice hermana de la soledad. Brindé mil veces por los días que no pensaba en ti y encaucé mi camino.

Experimenté el amor como una soga oprimiendo mi garganta y al desprenderme de ti dejé de dar bocanadas de aire profundas para poder respirar. Recuerdo caer en un letargo que me dejó inconsciente sobre el duro suelo de la calle y al entreabrir los ojos vi a personas saltando mi cuerpo de una zancada. Sin ayuda me puse en pie y caminé. Caminé durante largo tiempo. Me cansé de caminar y seguí caminando. Caminaba para olvidar. Olvidaba para alejarte.

Lo hice: te alejé. Y al hacerlo me di cuenta, por la liberación de endorfinas, que cuanto más lejos estaba más oxígeno entraba en mi pecho y que esa cuerda que durante tanto tiempo había apretado el cuello dejó de existir, y, por primera vez, después de mucho tiempo sonreí para mí. Solo para mí… Sin fijarme si me miraban ojos extraños o no… Solo reí y cambié mi mundo, guiñé un ojo al futuro y me dije: «Ahora toca ser feliz».

Hoy, pues, no hay recuerdos, ni abrazos, ni miedos, ni nada. Ya todo acabó. Te llevaste contigo mis noches de infortunio, mis lágrimas de desesperación y el sueño que nunca fue. Ya no volveré atrás. Me dejaste el dulce olor de la ironía de un sueño terminado y de un adiós posado en la yema de mis dedos.

No motearé de orgullo esta carta, que va dirigida a Ninguno, más bien la colmaré del deleite confuso de tu vida, porque no hay siesta sin mi perdón ni perdón sin una cabezada. No hay disculpas que mis labios pronuncien ni lamento que se pose sobre mis ojos. No hay nada más que decir, solo que ya no recuerdo si en algún momento fui feliz.

Ahora vuelvo a estar en el mismo punto de partida, donde la realidad y la ficción, cuando cae la noche, llegan a desorientarme. Cosa que dura unos segundos. Unos segundos eternos, pero, aun así, unos segundos. Mi cabeza ya no mira hacia atrás. Se ha centrado en el presente, en el hoy. Y hoy no deseo que estés a mi lado.

Palabras crudas de una mujer enamorada de la vida, de la pasión del momento, de la alegría sin él. No esperaba, sinceramente, sentirme tan libre al deshacerme de Ninguno, de sus suspiros al oído, de sus brazos en mi cintura o de sus «te quiero» sin sentido.

Recuerda que la discusión se llevó la relación al odio y el odio al rencor. Un rencor que no alberga mi pecho, ya que en él me he propuesto sembrar mil margaritas de colores que aflorarán esta primavera y mil sueños que aún me quedan por cumplir.

Desde aquí te digo que esta loca se va con otro loco, como bien dice Sabina, y que estos labios no pronunciarán más tu nombre. Así que te proclamo Ninguno de mi reino, porque, para mí, es como si tú no hubieses existido. Saqué, por fin, el coraje de las entrañas de mi cuerpo y ojalá que nadie vuelva a quererme como tú.

Atte.,
Julia

Pilar

Hondarribia, 12 de junio de 1960[1]

Me llamo Pilar Fernández, tengo diecinueve años y soy de Bermeo. Nací el 12 de junio de 1941 en Vizcaya. La última vez que fui vista llevaba una camiseta roja, unos vaqueros campana y unas sandalias marrones. De complexión delgada y ágil, siempre he hecho deporte. Mi padre es Félix Fernández, guardia civil y buen padre. Mi madre es Stella García, ama de casa y mi mejor amiga. Estas palabras me las repito día tras día y noche tras noche porque no quiero olvidar por si alguien da conmigo.

La primera noche, tras una brutal paliza y haber sido embestida por cuatro hombres, me metieron en una zanja bajo tierra que no mide más que metro por metro, así que la mayoría del tiempo estoy a horcajadas o encogida. A veces me tiran pan y me lavan con una manguera de agua fría. He dejado de contar los días y los meses, ya no recuerdo qué hice para estar aquí ni a quién le debo una disculpa. Perdón he pedido mil veces, pero eso carece de importancia para ellos. Tengo miedo, papá. Sin embargo, esta carta no quiero que sea de sufrimiento ni de llanto. Quiero que me recordéis tal y como era antes de caer en las manos de estos depravados.

Estoy débil de salud y todo. Creo que tengo fiebre, por lo que los delirios vendrán pronto. Espero que al menos sean buenos. Escribo esta carta sobre una madera con la que me

---

1 Lugar en el que fue secuestrada y fecha en la que fue encontrada.

golpearon hace menos de media hora. Pronto, mi instinto me lo está diciendo, todo acabará. Los oigo discutir sobre cómo se desharán de mí: uno de ellos dice que me pegará un tiro y otro que me ahorcará mientras mea sobre mi cuerpo. La verdad que cualquiera de las dos soluciones me vale, papá… Cualquiera. Yo solo quiero volver a casa, aunque sea muerta. Te pido que no llores por mí, taita. Todo esto no ha sido culpa tuya, ni mía, ni de nadie. Creo que aquella tarde lo echaron a suertes y me tocó a mí. Irónico, pero me río y lloro a la vez, y maldigo ese día y maldigo mi suerte. No te fustigues por tu trabajo. Eres un buen guardia civil, papá. Que no te quepa la menor duda.

Mamá, hace frío. Mucho frío. Tirito todo el día. No tengo ropa para abrigarme. Estoy como la primera vez que visité este mundo. Amiga mía, todo va a ir bien y pronto todo habrá acabado. No rehúses al amor de tu vida por esto. Ámalo siempre, cuida de mi papá. Él siempre ha sido más frágil que tú. Así que te pido que alces la cabeza y mires al cielo, allí estaré yo. Velando por vosotros. Te querré siempre, mamá.

Hay una última cosa que sí quiero pediros y tenéis que prometerme que lo cumpliréis siempre: no busquéis venganza, ni justicia. La venganza promovida por la ira te ciega y la justica te impide avanzar. Solo recordadme por lo que soy, he sido y, por desgracia, dejé de ser: una niña que soñaba con ser astronauta y pisar la Luna. Mantén vivo mi recuerdo en la casa de campo de los abuelos. Allí, donde me perdía por el frondoso bosque en las tardes de verano. Se me viene a la memoria una noche en la que la luna estaba preciosa y pintaba de plata las copas de los árboles, e imaginaba entonces ser una princesa esperando impaciente a un príncipe azul sobre un blanco corcel. Creo que a papá le hubiese dicho que no. Siempre le ha amedrentado que creciera rápido. Pase lo que pase, no dejaré de ser tu niña pequeña. Te lo prometo.

Lo que más llama mi atención de todo esto es que no les guardo rencor. Supongo que tengo la esperanza de que las noches se vuelvan para ellos en una tortura como son ahora para mí. Grito en silencio mi nombre para que los insultos de sus bocas caigan en vacío y dejen de hacerme daño. Hay cosas peores en esta vida y mucho más dolorosas a que te llamen «puta» o «zorra». Seré libre esta noche y volaré cual pajarillo liberado de una caja de cartón. Soy consciente de que daréis conmigo tarde, pero no os lamentéis por mí. Yo os querré siempre, no dudéis ni un segundo de ello. Es más, estoy muy orgullosa de las raices que tengo. Es una pena que sean amputadas e impedidas para criar hojas donde posar la esperanza y la libertad.

Hasta siempre, la hija de un benemérita,
Pilar

P.D.: Dejadme morir, por favor, con la creencia de que esta carta llegará a las manos adecuadas…

Luisa

Gerona, 26 de noviembre de 2011

Dices que te sabe mi simplicidad a poco,
que mis letras no dicen nada del otro mundo,
que son tan monótonas como el canto de un búho.
Me dices que puede ser imitada por otros.

Dices reproducir mis historias mi dolor,
que si consiguiese pasarlas por un embudo,
se podría arrancar de mi vida ese nudo.
¿Nudo? ¿Embrollo? ¡Lío que has inventado tú solo!

Pero sabes qué, escribo así para que comprendas
que no eres mejor que yo, por mucho que lo intentas.
Que mis manos son más rápidas que tu ingenio.

Y que en mi discreción duerme, tranquilo, mi genio.
Y ¡más aún! Mi canción jamás irá a tientas,
porque yo hago poemas, mas tú, solo, cuentos cuentas.

Atte.,
una «gorgorina»

Laura

Hospital de la Pitié-Salpétriére (Francia),
2 de septiembre de 1792

Querido papá:

Antes de traerme aquí, siempre me decías que todo el mundo desempeñaba un papel en la vida, que todos tenemos una misión en la Tierra y algo fundamental que aportar a ella. Además me considerabas especial e importante. Sin embargo, antes de morir, decidiste traerme a este desolado lugar por el miedo que te ocasionaba las ausencias de consciencia que yo con tanta asiduidad empezaba a tener. Así que pasé de ser valiosa a ser una carga.

Papá, me han vuelto a encerrar entre cuatro paredes con luz artificial y no sé por qué. Lo único que logré oír fue que soy una persona inestable para mí y para las personas que me rodean, y yo ¡ni siquiera sé lo que significa todo eso! Yo solo me ausento de vez en cuando y nunca pensé que podría ocasionar problema alguno, y, sin embargo, no hago nada más que causarlos. Lo siento.

Me pasan por la trampilla de la puerta un frasco con tres pastillas: una roja, otra azul y otra blanca, representando los colores de nuestro país, ¡qué divertido! Antes que digas nada, ¡sí!, me las he tomado y, ¡sí!, procuro tener fe en la medida de lo posible. Aunque los días grises vuelvan a poblar mi mente, impidiéndome avanzar, y a pesar de que vuelva esa voz amiga por la que me trajiste aquí.

Quiero que sepas que cada vez la tengo más controlada, así que supongo que pronto volveré a casa. Aunque debo confesar que, ahora mismo, la muerte está empezando a ser mi mejor aliada. Así que aguardo, a hurtadillas, que aparezca una de estas noches y me lleve con ella. No es que piense en matarme, papá, es solo que si ella quiere llevarme no prestaré ningún tipo de resistencia.

Hoy es un día malo. Siento que mi corta vida ha sido injusta conmigo. Es como si hubiera nacido para estar encerrada, porque nadie sabe muy bien qué me pasa y, cuando yo intento explicarles, me encierran entre muros de hormigón ocultando mi existencia. Aquí me ahogo, taita, se lo he dicho miles de veces. Pero ellos solo saben repetirme que es por mi bien y yo discrepo ante eso, por lo que dejo esa batalla como perdida. Ellos siempre ganan al estar mirándome por la mirilla de la puerta.

Vacía, desértica, taciturna y bloqueada, y con un constante mal sabor de boca es como me deja la ausencia de memoria. La alegría, por horas, es solo proporcionada por esas tres pastillas tomadas dos veces al día, una por la mañana y otra al caer la tarde. Por esta razón, solo encuentro consuelo en el trance de la vida, pero la cobardía me detiene siempre, papá.

«Anoche sin saber por qué me desperté pensando en ti. Con tu sangre corriendo por mis manos y sosteniendo un afilado cuchillo, que antes estaba clavado en tu costado. Me sobresaltó el sueño y te busqué entre mis recuerdos, y mi amiga me dijo que descansara porque ya no podías hacerme daño».

¡Déjame escribir, mujer! ¡Ya sé que estás ahí! ¡No! ¡No me estás ayudando! Si ayudar tú lo consideras esto… Más bien me estás

ahogando. ¡Sí! ¡Deja de controlarme, por favor! ¿No ves que si no te vas no podré salir a jugar? Otra vez el ceño fruncido… La verdad es que eres tediosa. Debí elegir a otra compañera de habitación, taita, porque ella no me ayuda a salir de aquí.

Ella está controlando cada movimiento que hago, cada apretón de labios y cada pensamiento que tengo. Creo que me está volviendo loca y me gustaría que se fuera, papá. *Solo vienes a hacerme daño y te pido, ¡no!, te ruego incansablemente que no lo hagas, pero nunca me haces caso. Y ahora, por tu culpa, volvemos a estar encerradas y, en cambio, tú te sientes más libre que nunca.*

A veces, es como si este cuerpo ya no me perteneciera, como si poco tiempo me quedara de vivir en él. Has ido limitando mi espacio invadiéndolo con tu presencia, llegando a dominarlo a tu antojo. Lo más cómico de todo esto es que los de ahí fuera me piden fe, como si eso fuera fácil siendo quien es la que está aquí. Ella siempre ha sido más fuerte que yo. *¡Sí! ¡Lloro! ¡Déjame de verdad! Lloro porque no encuentro consuelo, porque al estar aprisionada aquí contigo poco aire fresco respiro.* Espero que poco a poco las pastillas empiecen a surgir efectos. *¡Sal de mí y desaparece! Me han vuelto a escuchar los de fuera…*

Papá, ¿a que los amigos no hacen estas cosas? Yo no pensaba que me iba a desquiciar tanto su amistad. Tal vez la haya idealizado. Siempre he pensado que los amigos son buenos, que suman en lugar de restar. *Y, sin embargo, contigo, mi resto está en negativo desde que te conocí. Por tu culpa me alejaron de mi papá, a quien yo adoro con toda mi alma. Has desordenado mi vida y no consientes exigencia alguna procedente de mí. ¿Sabes el problema que hay aquí? Ellos no te conocen y no doy crédito de que no te vean, como ellos están cansados de decir.* A veces pienso que se están burlando de mí y que disfrutan al verme aquí enjaulada como un pajarillo carente de voluntad. Empero, con el tiempo, lograrán verte con la misma nitidez con la que yo te toco la mano cada noche. Solo, como ellos bien me repiten diariamente, hay que tener fe.

Atte.,
Laura y yo

Carmen

Málaga, 14 de mayo de 1986

Me crie entre las vías del tren y el calor de un brasero. Nostalgia de una niñez fugaz que ahora más que nunca coge mi mano y me suelta frente a una estación con un padre, con gorra roja y silbato, que daba paso a trenes que yo saludaba de lejos. Mis oídos oyen aún sus «no te muevas» como si fuera ayer y mis labios aún dibujan sin pincel los «déjame ir contigo». «Horas muy tempranas para que una niña de seis años esté despierta», alegaba mi madre removiendo el cocido desde la cocina. Así, nunca «trabajaba» con papá. Así, me quedaba en casa trazando puentes con mis supuestos amigos de entonces y los eternos de ahora.

Puedo asegurar que la infancia mía fue una de las mejores que recordar, y no porque tenga multitud de anécdotas que contar, sino porque aprendí, desde el uso de la consciencia, que la felicidad se irradia desde dentro hacia fuera. Y yo en mi soledad —a veces por voluntad propia, otras impuesta— era francamente feliz.

Justamente, en ese aislamiento, coloqué mi primer pie sobre el soneto. Este me enseñó que para bailar no hacía falta saber, solo tenía que tener la actitud incansable del no ceder. Me hice compañera fiel de las ligaduras de vocales con vocales, reconocidas como sinalefas. Llené de símiles y de metáforas mi vida, convirtiéndola en la constante reiteración de la palabra *perdón* que nunca llegó. Por ello, cambié el orden de las palabras y de los dobles sentidos, rompiendo así las cuerdas del lenguaje oral en símbolo de una brutal rebeldía.

Las estrofas me abandonaron a mi suerte. Y aunque yo recitaba y recitaba, no había canto capaz de rasgarme el alma. De este modo, comprendí que para arañarlo había que romper esquemas, había que construir puentes entre la fugacidad de los versos y el encabalgamiento del siguiente. Tenía que guardar en un suspiro la aliteración de una vida y abrazarme a las rimas de los primeros cuartetos de un soneto… Y así me convertí en la canción que nunca has de olvidar y en el poema que siempre te hará recordar. Así, simplemente así, fui.

Carmen

Epílogo

Todas estas cartas fueron escritas por mujeres en diferentes épocas de sus vidas, llegando a mí, o bien por el viento constante que siempre trae historias, o bien envueltas en un papel amarillento difícil de leer. Desde aquí os doy las gracias por reteneros conmigo y dejaros ver ante una humanidad muy cambiada para muchas y no tanto para otras.

De admirar fue y será la labor frenética e incansable de vosotras por ser libres. Habéis sido las únicas capaces de cambiar el mundo para que otras, como yo, podamos disfrutarlo hoy. Así, desde aquí y en honor a vosotras, les pido —a las mujeres del hoy— que sigamos luchando por mantener lo que tenemos e intentar conseguir lo que no. Acerquémonos a nuestros amigos y compañeros de viaje. No nos distanciemos de ellos ni pensemos que es el enemigo. Todo lo contrario. Siempre he creído que la unión hace la fuerza, de este modo, cuantos más seamos, menos podrán hacernos daño.

Usar la palabra *feminismo* como base para promover el odio al prójimo es algo que me parte el alma y me parece, a su vez, una falta de respeto a todas aquellas mujeres que lucharon por los derechos y libertades que tú tienes ahora. Así que dejemos de usar esta palabra como algo peyorativo y malo; usémosla, en cambio, para unirnos al hombre en la batalla constante de la vida. Pensemos, pues, que la violencia, al igual que el amor, no entiende de género, solo se trata de personas que hacen el bien o no.

Agradecimientos

Antes de nada, me gustaría dar las gracias a la editorial que cogió mi manuscrito y decidió publicarlo bajo su nombre. Para ser sinceros, nunca imaginé que alguien, ajeno a familiares y amigos, se interesara en lo que a mí tanto reparo me costaba mostrar al mundo. Sin embargo, me armé de valor y lo envié, y ahora aquí estamos.

En primer lugar, hablaré del inagotable trabajo de mi hermana Virginia y de Alejandro para que desempolvara mis escritos. Ambos me han apoyado desde un principio y desde mucho tiempo atrás. Así que desde aquí les doy las gracias. También me gustaría nombrar a mis padres, Juan y Carmen. A ellos les debo mi fascinación por la lectura y las ganas siempre de crear mundos paralelos con personajes que encajan a la perfección con el paso del tiempo.

En segundo lugar, no puedo pasar por alto los consejos de mi amiga Lidia García para este proyecto, como tampoco sus ganas locas de ser la primera en leer mis cartas. Mil gracias, Lidia.

Y, por último, a Rosana, mi confidente más preciada. Gracias a ti logré ver luz al final del túnel y comencé a querer la oscuridad tanto que dejé de romper las letras que me rasgaban por dentro, y decidí, entonces, convertirlas en verdaderas obras de arte.

Mil gracias a todos.
María

Sobre la autora

María Hidalgo Sánchez, también conocida como @maykahs en las redes sociales, nace el 14 de mayo de 1986. Vive en Campillos hasta los catorce años. Después se muda junto a sus padres a Málaga. En 2009 le conceden una beca para irse a estudiar a Irlanda. Por aquel entonces tenía veintitrés años.

Fruto de su estancia allí, habla perfectamente la lengua inglesa. Un año y medio más tarde regresa a España para terminar la carrera de Filología Hispánica en la Universidad de Málaga. Actualmente, vive en Coín, impartiendo clases de idiomas y de lengua española.

Se considera una amante empedernida de las novelas policíacas de Agatha Christie, Jo Nesbo, Giorgio Faletti y Henning Mankell, y una gran admiradora, a su vez, de las novelas de aventuras de Isabel Allende y Sarah Lark.

Siempre ha estado casada con el lápiz y el papel; de hecho, recuerda como «robaba» los diarios de su hermana mayor para llenarlos de historias y aventuras que guardaba siempre bajo su colchón.